心にまばゆき光あれ

AKUTO
亜久人

文芸社

目次

心にまばゆき光あれ

蒼に煌《きら》めく

つぎつぎ生まれるシャボン玉
でっかいものから　ちっちゃいの
果てなき世界に希望《ゆめ》を乗せ
　浮世の風に流されて
　　煌めき増して、はかなく割れて
でも　なお滅《き》えないシャボン玉

＊＊

近所の子供たちが、シャボン玉を吹いているのを目にしました。

「そっか。シャボン玉って、今でもあるんだな」そんな感慨に浸りつつ、しばらく眺めているうちに、「なんだか〝夢〟に似ているな」ふと、そう思ったのです……。

年齢《よわい》を重ねていくにつれ、社会の現実を知るにつれ、そして、己自身を知るにつれ、時に、その煌めきを失ってしまったり、時には、割れてしまったり……。しかし、夢を抱かぬ人など、この世に存在しないでしょう。なぜなら夢は、人にとって希望の象徴だからです。夢はさまざま、人それぞれ。描き見るだけで満足する、憧れのような夢もあれば、つかみ取ろうと邁進《まいしん》する夢も、もちろんあります。さらに夢というものは、仮に、一つを手に入れたとしても、また、別の夢を抱くことすらできるのです。それ故に、人はつねに夢を持ち、明日へと希望をつなぎつづけていくのです。

だから、こうも思うのです。たとえ挫折し、煌めきを失ったように見えたとしても、あきらめて、割れてしまったように見えたとしても、それはただ、果てなき心の空へと、融《と》け込んでしまっただけなのだと。シャボン玉のように、また、ひと吹きすれば、ふたたび息づいた煌めきが、蒼の世界に、放たれ翔んでいくのとおんなじで、甦《よみがえ》ることさえあるのだと……。

もちろん、現実はそんなに甘いものではありません。でも、甘くないからなおさらに、人は生ある限り、希望という名の夢を見つづけ、追い求めてもいくのでしょう。

いずれにしても、抱いた夢を叶えんとするならば、その夢を、どれだけ本気で希《のぞ》み、手に入れたいと想っているのか……。それが〝鍵〟だと考えます。だから自分は、心の空よりほとばしる、己の熱き想いを信じ、ふたたび「前に進む」と決めたのです。

刹那《せつな》を駆ける

蝉が鳴く
　はかなき命　尽きるまではと叫び鳴く
　　証し求めて鳴きやまぬ
　　　生きてるんだと猛《たけ》り哭《な》く
夏の時雨《しぐれ》は　切なる想いと知りいたる
懸けるをこめた蝉吟《せんぎん》に　我は如何《いか》にと省みる

＊＊

五年とも、六年とも言われる長き歳月、昏《くら》くて冷たい土の中で暮らしながらも、陽の目を見るのは、ほんのわずかに一ヶ月。あっちでミンミン、こっちでシャーシャーと叫び鳴く、蝉の声を聞かされる人間たちには、ただうるさくとしか聞こえなくとも、そのひと鳴きひと鳴きに懸ける、蝉たちの想いは、いかばかりなものでしょう。

一方で、その千倍近くも、陽のもとで暮らす人間たちは、時に、蝉の必死の叫び声さえ聞こえなくなるほど、日々の雑事に、忙殺されることもあったりします。

「それでいいのか、人間どもよ」と蝉は鳴き、「はかなき時間を、無駄に使う奴らだ」と多くの人は思うでしょう。

なにを、生きた証しと思うのか。

如何にし、それを残すのか……。

生き物それぞれ違えども、どちらの生きるも、生きるは生きる。なにかを残すも残さぬも、やっぱりどちらの生きるも、生きるは生きる。

ふとした拍子に、蝉鳴く〝真意〟を悟るとき、自分はどうかと問うのです。

月下のもとで

凜《りん》と輝く名月に　誘われ父とふたりして
月見散歩に出かけたり

あちこちと　宴《うたげ》もよおす虫たちに　秋の訪れ実感し
涼《すず》やかな　夜風を浴びて　川べりの　万化と懐古を語りあう

向きあい酒を酌《く》みかわし　今や昔を語るもよいが
「こんな散歩もいいなあ」と　呟く親父《ちち》の小ささに　今さらながらにふと気づく

薄雲ながれて明月が
仄《ほの》かにかすんで朧《おぼろ》へ貌《か》わる……

＊＊

母が叔母のところに外泊していたこともあり、当初は、月見など考えてもいなかったのですが、晩酌しつつの夕餉《ゆうげ》中、ことあるごとに、テレビに映しだされる〝中秋の名月〟を見ているうちに、そう言えば、久しく月を観てないなと、ふと思い、年に一度のことでもあるし、運よく今夜は晴れだからと、父を散歩に誘ったのでした。

なるほど、清みきった天空《そら》に、ぽっかりと浮かぶお月様は、古来より、名月と呼ばれるにふさわしく、「我こそが夜の王なり」と、凛々《りり》しく闇を支配して、ほかの星明かりまでかき消してしまうほどの、まばゆい輝きを放っていました。

九月も中旬を過ぎたというのに、いまだ日中は、暑さ冷めやらぬのが現状ですが、夜道に奏でる虫の音《ね》や、そよ吹く風の涼しさは、暦の上では、とうに来ている〝秋の訪れ〟というものを、ようやく実感させてもくれました。

およそ一時間くらいだったでしょうか。皓々《こうこう》と照らしだされた月明かりのもと、同月初旬に、この地を襲った台風による傷跡が、まだ生々しく残った川べりを、幼少時代、よく遊んでいたかつての姿と、すっかり様変わりしてしまった現在を、語りながらの散策でした。やがて、長くも短くも感じた帰り道、父がぽつりと「こんな散歩もいいなあ」と呟いて、「そうだね」と応えた瞬間、毎日のように見ていて、当然、気がつき、それが当たり前になりすぎて、意識すらしていなかった父の小ささを、改めて感じとったのです。

最後の二行は、あえて〝老い〟に対する哀切や、にじんだ涙を連想させるような表現にしましたが、実際に、感じた真意は違います。自分の背丈が父を追い越したのは、いつ頃のことだったでしょうか。少し猫背にもなり、父の老いを実感したのは事実です。常識的に考えれば、未来の時間は、自分のほうが、ずっと長くあるでしょう。けれど、今の自分に比べれば、父のほうが、はるかに倖《しあわ》せそうに感じられます。確かに、背丈は父を越えました。でも、はたして中身は、父を超えているのでしょうか……。

そして、こうも感じたのです。欲は言わない、もう一度だけでいいから、父に孝行し、今よりもっと〝倖せ〟を感じてもらいたい。「きっと、そうしてみせる――」、と。

もし、あなたなら……

虹のカケラが落ちていました
夢のカケラが落ちていました
光のカケラが落ちていました
時のカケラが落ちていました
命のカケラが落ちていました

私はそのうち一つだけ　拾って持って帰りました

＊＊

ちょっとだけ、ファンタジックな〝謎かけ〟です。

落ちていたものは、どれもこれもが魅力的で、この世に二つとないものです。しいて問題をあげるとすれば、そのものすべてではなくて、その一部、つまりはカケラだという点でしょうか。

とは言うものの、カケラだからといって、それぞれの魅力が損なわれるわけではないですし、この世に二つとないという点から言えば、「いくらお金を積んでもいいから、売ってくれ」と、欲しがる人だっていないとは限りません。

しかし、魅力あふれるこれらのカケラを見つけた〝私〟は、そのうちの、たった一つしか、拾って持って帰りませんでした。

ただ欲がなかっただけなのでしょうか。それとも単に、他のものは大きすぎ、あるいは重すぎて、物理的にその一つしか、持って帰ることができなかったのでしょうか。即座にこれと決めたのでしょうか。悩んだ挙げ句に決めたのでしょうか。結局、どれを選んだのでしょうか。そしてなぜ、どうして、その一つを選んだのでしょうか……？

すべての答えはあなた次第。たとえ、どんな答えを出そうとも、気分によって、日によって、答えがコロコロ変わろうとも、やはり〝すべてが正解〟です。ズルいようですが、それはあなたが心を持つからで、すなわち人間だからです。迷いに迷って、なかなか答えが出せずとも、やはり人間だからです。はなっから、「そんなものは存在しない」と言う人も、より現実的な人間だというそれだけです。

気が向いたなら、それぞれどんな色や形をしてるんだろう。どうして落ちてしまったんだろう。誰かが落としてしまったのなら、今頃は、必死で捜しているかもしれないな、とか、〝私〟がそれを選んだのは、自分のためなんだろうか、それとも、他の誰かのためなんだろうか。いや、なんだかんだ言って、まずは一つだけを持って帰って引き返し、結局は、全部を手に入れたのかもしれないな、などと、いろいろな面から想像を、めぐらしてみるのも愉しかろうと思います。

月とロケット

ボクは見たんだ
白くて尾をひく　ほそながーい雲をね

ボクは宿題にあきあきしちゃって　ちょっと散歩に出かけたんだ
いつものように　土手の芝生に〝大の字〞かいて寝っころがっててさ
たっぷりと　人をのっけた電車がね
テッキョーを　ガタンゴトンと走っててさ
多分　その人たちも見たんじゃないかな
いや　あの人たちはどうだろうね
なんだか〝ココロのよゆー〞ないみたいだったし
見逃しちゃったかもしれないね

そいつはさ

目をくらくらさせる　太陽なんかとちがってさ
おとなしく　空にいすわっているお月さまが舞台の話さ
ボクはこの目で見たんだよ
白くて尾をひく　ほそながーい雲をね

そいつはね
まあるいまあるい　お月さまの裏っかわから
上へ上へと　まっすぐ宇宙にのびてったんだ
あれは　ぜったいにロケットだ
「お月さまには　宇宙人なんかいない」って言うけど　あれはウソだね
オトナはみんな知らないだけさ
きっと地下には　でっかいでっかい〝基地〟があってさ
見つからないよう隠れているんだ
だって　ウサギさんがいるんだよ
かぐや姫も住んでいるんだ
ほかにも宇宙人《ひと》がいないって　どうして言えるのさ

ヒコーキ雲に似てたけど　あれはちがうね
だって　お月さまから　一直線にのびてったんだから
あれは　ぜったいにロケットさ
ロケットだから　ロケット雲だよ
お月さまに住んでいる宇宙人が　ほかの星へと〝冒険りょこー〟に出かけたんだ
間違いないよ
だって　この目で見てたんだから
いっぱいいいっぱい夢をつんでさ
たくさんたくさん希望をのっけてさ
ドーンと発射されたんだ
白くて尾をひく　ほそながーい雲だけを　水色の空に残してね

水色にそまった天井に
ぽっかりと浮かんだお月さまは　見事なまでにまんまるで
ふと　ある顔を思い出したよ

だから　時間がたつのも忘れてさ
ニヤニヤしながら　ずっとそいつをながめてた

でもね
だけどね
おかあさんにも話してないんだ
おとうさんにも言ってないんだ
友だちにだってナイショの話さ
休みがあけたらこっそりと
大好きなセンセーにだけ　教えるつもりさ
「二人だけの〝ヒミツ〟だよ」って

早く月曜日がこないかなー
そうだ！　宿題をやらなくちゃ

＊＊

最初はただただ漫然と、電車の車窓に流れる景色を、ぼーっと眺めていたにすぎないのです。焦点なき視界の中を、ありふれた町並みが流れゆき、緑や川が流れゆき、トンネルに入れば、揺れる車内が映りこむ……。ただ、それだけのことだったのです。それが、なんの気なしに、目線を空へと向けた瞬間、それは、タイミングの妙とでも申しましょうか。車窓というキャンバスに配された、それぞれのピースもそうですが、偶然という言葉で片づけてしまうには、あまりにもできすぎた……まさに〝瞬間のひとコマ〟とでも称するのが、ぴったりとくる光景が、この目に、すーっと入り込んできたのです。あたかもそれは、時の神様が、「今だよ」と、囁き教えてくれたかのようでもありました。

そう、確かに自分は見たのです。水色に染まった天空に、ぽっかりと浮かんだお月さまの裏っかわから、上へ上へと伸びていく、白くて尾をひく、ほそながーい雲を……。

空はとても清んでいて、雲ひとつなかったのです。まだ空に蒼さの残る、黄昏時というには少々早く、昼というには遅すぎる時間帯、月は見事なまでにまんまるで、その円弧が頂点に達した部分から、ひとすじの細長い雲がまっすぐ伸びていたのです。もちろんそれは、ただの〝ヒコーキ雲〟だったに違いありません。しかし、月と接するように伸びていく雲を見た自分は、「あっ、ロケットが飛んでいく……」。無意識にそう思ったのです。

少し見るのが早ければ、雲は月と重なって、それに気づきもしなかったに違いありません。逆に、ほんのちょっとでも遅ければ、月とヒコーキ雲が、ただ別々に見えただけで、何も感ずるところがなかったかもしれません。円弧が頂点に達した部分から、ちょうどいい感じに雲が伸びていたことが、月の裏側から発射されたロケットという、寓話的な世界を連想させたのです。時の神様が、「今だよ」と教えてくれたとさえ感じた理由が、お解りいただけたでしょうか？

だからこそ、自分はそこに未来を見、同時に、心は童心へ……過去へと遡《さかのぼ》っていったのです。そして、その後に鉄橋を渡る電車から、芝生に寝っ転がった少年を見た時に、誰にでもある夢想の心が、むずむずと動きだしたのです。やがて、心は躍り、跳びはねて、顔には、にんまりと笑みが零《こぼ》れでたのです。はたしてこの先、これほど幻想的で、白昼夢のような光景に、めぐり合える機会が、またあるのでしょうか……。切に願うばかりです。

最後にもう一つ、重大な〝ヒミツ〟を明かしましょう。実はこの話、まだ誰にも話したことがないのです。そうです。あなたにだけこっそりと、この詩によせて、自分が感じた浪漫と夢とを、お届けしたいと思ったからです。

翔花《しょうか》を詠う

ひらひらと　群れなし翔びゆく桜蝶
　風の吹くままその身をまかせ
　　何処《いずこ》にともなく旅に出る
うららか清雅は　現世《うつつ》をしばし忘れさせ
　散るが無情を有情《うじょう》に貌《か》えた
　　春の景色《いろ》みて　感慨ぶかき遊観すごす

＊＊

春、到来。気温のほうも、徐々に徐々にと春めいて、いよいよ本格的な、花見の季節となりました。早春から晩春にかけ、凛々《りり》しき梅、夢見の杏子《あんず》、艶《あで》やかなる桃、睡《ねむ》りの海棠《かいどう》など、木《こ》の花の、花見に事欠くことはないですが、やっぱり、春爛漫《はるらんまん》という言葉に、もっとも連想されるであろう〝桜〟こそが、花見の代名詞たるに、ふさわしいと言えましょう。

確かに、淡いピンクの花びらを、満開に咲かせる桜というのは美しく、それを観ながら、家族、あるいは気心の知れた友人たちと、良き日をわいわい語り合い、美酒に酔うのも一興ですし、ただただ日頃にたまった、ウサを晴らすもいいでしょう。

しかしながら、無情の刻《とき》は散るをもたらし、花びらたちは踏みつけられて、いずれは土へと還ってゆきます。

一方に、その花びらを、ひとひら、またひとひら、あちらでひらり、こちらでひらりと舞い散り落とす姿こそ、桜の真の美しさだと、その散り様を好む人たちも、決して少なくありません。

古来より、栄華を求むるは人の常。古びれた、味わい深き趣を、侘《わび》、寂《さび》と解するは人の情。いずれにせよ、誇るも散るも、桜は愛されつづけてきましたし、おそらくは、これから先も同じでしょう。

何気ない一陣の疾風が、散り落ちる花びらに〝命〟を吹き込み、あたかも蝶であるかの如く、群れをなして翔んでいく……。なにかと束縛されて、あやつり人形のように感じさせることもある、俗世間とつい比べ、その気ままさや優雅な様に、うらやましさを感じつつ、そんな嫉妬さえも忘れさす、まさに、自然が見せる、自然体への憧憬《どうけい》を、詠いつづった一編です。

鏡雲《きょううん》の城

大地にそびえるアルプスの山の連なりを
　つたい滑って無辺に拡がる雲が峰
蒼穹《そうきゅう》を遊泳するよに愉しげに
　もこもこと変幻自在に姿をかえて
　　夏空の陽射しを浴びてより純白《しろ》く
　　　その輝きは蒼に映え　鏡の如くに心を照らす

＊＊

家族そろって甲州、信濃、軽井沢へ、旅行に出かけた際のことでした。バスで志賀高原の横手山へと向かう途中、まず目に飛び込んできたのが、日本を代表するアルプスの山々の連なりです。自分を含め、街中に住んでいる多くの人たちにとっては、せいぜい標高が数百メートルの丘陵を、無意識的に〝山〟と認識していることでしょう。

ですが、〝山〟と〝山脈〟とは、まったくもって別物で、自分が見せつけられた、そのダイナミックな光景は、まさに圧巻。威容を誇る、大都会のビル群を初めて目にし、「人間って奴はすごいなー」と驚嘆したことを、恥じさせるに余りあり、支配者を気どって地球を闊歩している人間が、いかに、ちっぽけな存在であるかということを、まざまざと思い知らされた心持ちでした。

しかしまた、大地から「どうだ」とばかりに隆起して、大山脈を形成している群峰《ぐんぽう》を、遥か彼方の高みから、「まだまだだね」とでも言いたげに、見下ろしている蒼きに充ちた天空が、これまた果てなく拡がって、圧倒的な存在感を、示しだしているのです……。

バスは斜面をくねくねと、蛇行しながら、展望台のある山頂を目指し登っていきます。おそらくは、人間が万苦を重ね、造りあげたであろう道路《みち》もまた、雄大な自然の側からしてみれば、せせらぎ流れる小川ほどでしかないのでしょう。そう思ったら、シニカルな忍び笑いが、ふっと零《こぼ》れもしたのです。

やがては頂上というところで唐突に、深緑の障壁《かべ》が消え去って、ぱーっと視界が拓《ひら》けてきました。と、これまた驚愕すべき光景が、そこには待っていたのです……。

「空に蒼、地には碧《みどり》」とは、誰の言葉だったでしょうか。パノラマ状に展開された、その壮麗な景観は、「が、その間には白もあり」とつけ加えたくなるような趣で、白き雲の大海原が、「我こそが真の主役なり」とばかりに登場し、つい先ほどまでは、威風堂々そびえ立ってた山脈を、呑みこむように、蔽《おお》いつくそうとしていたのです。そこに観望されたのは、天空《そら》の蒼さとあいまって、心のうちまで映しだす、鏡の如き〝雲の城〟。

ですが、城にイメージするような、重っ苦しさはそこになく、夏の眩しい陽射しを浴びた、ふわっふわの布団のようにやわらかそうで、綿飴みたいにキラリキラリと輝いて、風に任せて身姿《みすがた》を、ゆったりと変化《へんげ》させてくその様は、自身の魂《ゼーレ》をつつみ込み、天使が謳《うた》う『アヴェ・マリア』が、流れきこえてくるような……。

この、天地の間に観た光景も、大自然にとっては、ほんの一部にすぎないですが、そのとき感じたそのままを、したためつづった一編です。

ローレライの鎮魂歌《レクイエム》

誰《たれ》ぞ呼ぶ
樹海の森は　彷徨《さまよ》う亡者の魂が　やさしく囁き誘う杜《もり》
迷い　ためらい　どこで　きびすを返すのか……
そこに充ちるは　憐れむ者なき孤独な死
緑の墓標を育《はぐく》んで　異界の霊気をただよわせ
やがては白きを身にまとい　次なる誰かを寂《じゃく》に待つ

＊＊

青木ヶ原の樹海の森。この深緑に充ちみちた大海原は、名勝、富士の麓《ふもと》にありながら、同時に、自殺の名所としても良く知られ、そういう意味では、なんとも皮肉な場所にあると言えましょう。その観点から見るならば、不死の象徴と称される、霊峰富士の異名さえ、まったく違った意味に、とれるようにも思えます。

今回見たのは、真夏の景色。そこは、市街に居をおく自分にとっては〝異世界〟そのもの。樹齢何百年といった大木が、ところせましと密生し、地には、歳相応のぶっとい根っ子が、無尽、いびつに這いめぐり、いたるところが苔むして、陽光は、葉の天井にさえぎられ、鮮やかな、というよりは、どんよりくすんだ、という形容のほうが、しっくりとくる印象でした。

だから、でしょうか。夏であるにもかかわらず、そこには、寒々とした冷気ならぬ霊気がただよっているかのようで……。なのに、なぜでしょう。目をそらすことを赦《ゆる》さない、心をとらえて放さない、魅入らせる〝なにか〟を、感じたことも事実です。

意外だったのは、その魅入らせるほどに美しい景観を、損なわないようにとの配慮のためか、柵や囲いの類いが、まったく見当たらなかったということです。ここでは磁石は利きません。たとえ誰かしらが、つもりで足を踏み入れて、でも、やっぱりやめようと思っても、そのタイミングが、ちょっと遅れてしまっただけで、迷いやためらいなく覚悟を決めて、進みいった者たちと、結果は同じになるでしょう。

ガイドさんの話では、発見されていない亡き骸は、無数にあるだろうとのことでした。無論、彼らに墓標を立てる者など誰もいません。故に、彼らは土へと還り、自ら樹海を深きものへと育んで、森を〝杜〟へと貌《か》えるのです。これまたなんたる皮肉でしょう。ですが、彼らの魂は、成仏できているのでしょうか……。

やがて季節がめぐり、この樹海の杜を、雪の白きが蔽《おお》うとき……。

少しばかり怪談めいた感じもしますが、その辺は夏の風物詩、ということで。

孤独の行方、如何《いか》なるや

人ごみを　かき分けかき分け孤独が歩く
　明日を探してうつむいて　背中丸めて孤独が歩く
　心が蝕《むしば》み溶けゆくも　気づかぬままに孤独は歩く
幽《かす》かにながら　深みに輝く一点が……
　己を信じる小さなカケラが「明日はあるよ」と囁きつづける
　孤独はだから　道ある限り歩みをやめぬ

＊＊

心の病気にかかってから、人に理解してもらえないということが、これほど辛く、やるせなく、哀しいものであることを、初めて自分は知りました。街中で、多くの人たちとすれ違っても、誰かと食事をしていても、自分だけが違う世界にいるような、寂寞《せきばく》としたその感覚は、実際に、それを自身で味わった者にしか、決して解らぬものでしょう。それが、この詩に現れる〝孤独〟の正体です……。

頭では、こうしたらいいということが、ちゃんと解っているのです。でも、それをいざ行動に移そうとすると、心が拒絶するのです。体が動いてくれないのです。やろうとしていることそのものは、たいしたことではないのです。心の病気にかかる前までは、当たり前のようにできていたことなのです。でもそれが、今はどうしてできないのか、自身にもよく解らないのです。言葉で説明しようとしても、上手く伝えられないのです。だからなおさら、「心の持ちようだろう」と、あっさり片づけられてしまうのです……。

しかし、心の病気というものは、心の持ちようだけでは片づけられない〝なにものか〟が、隠れひそんでいるのです。それ故に、理解してもらえない、だけならまだしも、理解しようとすらしてもらえない……。そんな疑念がいつしか芽生え、心に刻みつけられていくと、自分を見る目が、憐れな〝異質〟を見ているようにも感じられ、もはや、説明するのも怖ろしくなっていくのです。そのようにして、孤独は助長されていくのです……。

マイナス思考が頭をもたげ、考えすぎの罠に陥り、人目ばかりを気にしてしまい、見えない恐怖に怯えるあまり、現実からは逃避して、ついには、人を信じる心を忘れ、自分は自分でなくなって、どんどん深みに堕ちていきました。慢性的な厭世観《えんせいかん》にとらわれて、追いつめられた精神の求めゆく先というものは、たいてい相場が決まっています。それはここで、あえて申し上げるまでもないでしょう。

しかしながら、自分の場合、まだ救いというものがあったのです。それと自覚する前に、これまでの自分や人生を振り返り、これから進むべき将来《みち》を考えぬいた末、「物書きになりたい」という〝夢〟を、見つけだしていたのです。

とは言うものの、それを現実のものとする資質自体が、自身に備わっているかは判りません。はなっから、「現実は、そんなに甘くないからやめておけ」と、否定の言葉を投げかけられもしましたし、暗鬼にとらわれ、心がすくみ、夢ついえたかに思われたことも、幾度となしにありました。にもかかわらず、書きたいという渇望が、滅《き》えてなくなることはなかったのです。最後の砦《とりで》である、自身を信じることだけは、たとえ、心の深奥《しんおう》に追いやられようとも、忘れることはなかったのです……。

誰しもと平等に〝孤独〟の前にも、道は用意されています。無論、未来は誰にも判りません。故に、その道が、望むところへつづいているかは判りません。一本道であるとも限りません。それでも道には変わりません。だから〝孤独〟は、いつしか希求の光にたどりつくのだと、信じて歩みをやめぬのです。

クレヨンの森

家族そろって　紅葉《もみじ》狩りに行きました
　やがて迎える　凍てつく季節のその前に
　　紅葉《こうよう》という名の文字どおり
　　　紅くに染まった葉っぱの群れを　見に行くのだと思っていました

街を抜けゆき　坂を上って　森の深みに入るにつれて
　それは間違いだったと知りました
確かに　葉っぱは明るく色づき　染まっていました
　でも　紅色だけでなく　朱色のものも　黄色のものもありました
　　紅葉《もみじ》と知られる楓《かえで》のほかに　黄櫨《はぜ》や銀杏《いちょう》もあったのです……

そこに拡がる　暖色に充ちた光景は
落葉《らくよう》にいだく哀しげな〝終わり〟を告げてはいませんでした

色鮮やかに息づいて「私を見て」と言わんばかりの力強さを感じました
肌寒く　移ろう季節の変わり目に
やさしい温かみを　感じさせてもくれました

さらにとつづく　黄土色《おうどいろ》した小さな道を　ゆっくり進んで行きました

落葉樹たちが　目に鮮やかな　色彩《いろど》りの競演を魅せる中
枯れ落ちることのない　緑の葉っぱがありました
樹木そのものは　茶色や灰色をしてました
せせらぐ小川には　小さな白滝が見えました
見上げた空は　青々とした水色をたたえていました
晩秋の森は　色のにぎわう〝クレヨン〟を思わせました

いつしか　陽はゆるやかに傾いて
あまねく照らす落陽の　黄金色《こがねいろ》した輝きが　森をつつみ込みました
心は無色に融《と》けこんで　そろって微笑みあいました

＊＊

この詩の舞台となったのは、広島県の宮島にある紅葉谷《もみじだに》です。

ここを訪れた時、自分の心は深い闇の奥底へ、沈みきっていたのです。だからでしょう。春に、淡いピンクの花びら散らす、桜とは異なって、秋の終わりに、散り落つ葉っぱは、暗く、哀しげなものだろうと思い込んでいたのです……。

が、実際に、自分がそれを目にして受けた印象は、まばゆく明るいものでした。そのギャップを生みだした要因は、沈みきった心のせいもあったでしょうが、紅葉《こうよう》、イコール、紅い葉っぱのみだろうという、実に短絡的すぎる〝想像力の欠如〟であり、その後に迎える季節、すなわち、夏と冬とに抱く〝先入観〟の違いであり、現実に、目にした彩りが、鮮やかな紅や朱色や黄色という、暖色系の〝色感〟なればこそだったと思います。

いずれにしても、自然に拡がる、色彩の競演に充ちたその光景は、人工的に造られた、夜景のカラフルな美しさとも、またひと味ちがう、素朴ながらに、力強さや温かみをも感じさせる、まさに〝クレヨン〟と表するのが、ぴったりとくるイメージでした。

そして、母が散り落ちた葉っぱを、せっせと拾い集める姿を見ているうちに、自然と自分も引きこまれ、時が経つのも忘れるほどに熱中し、いつしか、心の闇は〝無〟と化して、「いい加減にしろ」などと、止めることなく温かく、見守りつづけてくれていた、父もそこに加わると、落陽があまねく放つ、黄金色の輝きが、森をやさしくつつみ込み、にっこりと、互いに微笑み合ったのです。

妖精《ニンフ》の世界

雲間を切り裂き現れる
　ぬくもりに充ちた陽射しの中を
　　粉雪の姿を借りた精たちが
　　　はらりはらりと舞い降りて
白きをまとった小さな庭に　幻想世界をかもしだす

蒼天を舞う精たちは
　そよ吹く風に流されながらも
　　神々しさを煌《きら》めき放ち
　　　耽美《たんび》あふれる〝妖精《ニンフ》の世界〟へ誘《いざな》いひたす

＊＊

カーテンを開けると、実家の庭に、雪が数センチほど積もっていました。確かに、日を追うごとに、明るい時間が短くなって、寒さのほうも、いよいよ冬めいてきたとは言うものの、まだ十二月の頭というのに、早くも今年の初雪です。庭を、純白へと化粧をほどこした、前夜からの降雪は、粉雪ほどではありますが、いまだに、ちらちらと降りつづいているようです。

ふと、母の手編みの帽子をかぶった幼い自分が、やはり、雪をまとったこの庭で、撮られた写真を思い出し、しみじみとした感慨にふけりつつ、しばし雪色《せっしょく》の庭を眺めていました。すると突然、天空《そら》を蔽《おお》っていた雲が、裂けるように、すーっと拓《ひら》け、やわらかそうな陽光が、射しこみ落ちてきたのです。窓ごしに、暖かなぬくもりが、この身に伝わってきたのです。

それまでは、少し薄暗く、どんよりとしていた庭が、一瞬にして、白砂糖のようにキラキラと、瞬くように輝きはじめました。陽が射した。ただそれだけのことなのに、まるで〝魔法の杖〟でも振られたかのように、ごくありふれた日常世界が、幻想的な世界へと変貌していく……。そのようにさえ感じられたのです。

見上げると、切り裂けていく雲の合間から零《こぼ》れ射す、オーロラのような光の中を、粉雪たちが融《と》けゆくことなく舞っています。燦々《さんさん》と降りそそぐ、陽射しを浴びて煌めきながら、風に流され、天翔《あまかけ》るようなその様は、神々しさに充ちあふれ、まるで、妖精たちの可憐な舞踏を見ているような趣でした。そして、いつしか心は、その神秘的な光景に魅入ってるうち、幽妙《ゆうみょう》なる〝妖精の世界〟に迷い込み、建物などの垣根のすべては取っぱらわれて、白銀だけが無限に拡がりを見せる、異空間の真っただ中に立ってるような……。そんな感覚にさえ陥っていたのです。

〝妖精の世界〟にどのくらい、浸りふけっていたのでしょう。我に返るとすぐさまに、筆をとって、思いつくまま、感じたままをしたためました。そして、でき上がったのが、この一編です。

世に、忘却の多かりし

黒雲すぎて　大地《ち》にうるおいが充ちあふれ
蒼天《てん》はやさしく微笑んで
　恵みは彼《か》の地に碧《みどり》を芽生え
　　父なる天空《そら》に微笑みかえす
永劫《えいごう》かわらぬ自然の訓《おし》え
　人の世も　かくあるべしと黙して語る

＊＊

知恵を持ち、都市や文明を築きあげ、回線ひとつで世界中の人々と、話し合いさえできるのに、どうして人の世界では、いがみ合いが絶えないのでしょう。

自然は言葉を持っていません。だから、我が身で〝物語る〟のです。「互いに助け合い、むつまじくあるべし」と。「受けた恩恵には、感謝の気持ちを忘れるべからず」と。「何ものにも振りまわされず、微笑みに充ちた毎日を」と。

天地風水の、いつくしみ深き、御身《おんみ》の語り……。

もちろん、人がいつしか忘れてしまっているものは、これらだけとは限りませんし、忘れたわけではないのだけれど、つい、おろそかにしてしまっている。さらには、当たり前になりすぎて、恩恵を受けていることにすら、気づかぬものさえあるだろうとも思います。そして、これまたもちろん、自然はつねに、やさしく諭《さと》してくれるとは限りません。時には、猛威をふるい、「驕《おご》るなかれ」と戒めることも、少なからずあることです。とは言うものの、言葉を持ちえぬ故に、根元的なことだけを、諭し訓えてくれるのです。

「我を見よ。単純なことだ。思い出せ……」

かく語るのは、楽観主義者か、理想主義者か？　そう、一笑にふされるだけかもしれません。歴史に根づいた文化や信仰。育てられた環境や性格的な違いなど、人の世界が単純なものでないことも、理解はしているつもりです。しかしながら現実に、自然が多くを訓えてくれるのは、紛れもない事実ですし、心を癒してくれるもまた然り。だからこそ、人知を尽くした文明社会に暮らしていても、人は〝自然〟を、求めずにはいられない……。

自分なりに、思案の結果を言うならば、先人たちが、なぜ太陽をあがめ祀《まつ》り、水のありがたみを尊んだのか、思い出すべき時代になった。そういうことだと考えます。

先人《さきびと》たちの夏の夜

長き陽が　帳《とばり》の向こうに去りゆくも
名残り惜しいか暑さを残し
　団扇《うちわ》あおぐも　涼《すず》やかならず
幽《かす》かに遠く　凛《りん》なる響きが耳を打つ
　そよ風ゆらす風鈴の　奏でる音色に聴き沁《し》むる
　いつしか火照《ほて》りは鎮まりて　古《いにしえ》の夏に心をひたす

＊＊

まだ、扇風機だとか、エアコンなどがない時代、風鈴なるものが作られました。そもそもは、その風情ある音色から、清涼の夢ひとひらに浸るだけが、目的だったのかもしれません。しかし、その後に、いろいろ工夫が凝らされて、いつしか音色だけでなく、視覚的にも愉しめるものとなり、風鈴は、日本の夏の風物詩として、長きに渡り愛されてきました。

とは言うものの、その可憐な音色が、いかに耳に心地よく響こうとも、現実的には、身体を冷やしてくれたりしませんし、風が吹かなければ、ただのお飾りにすぎません。

それでも、そよりとそよぐ風に揺れ、チリンと素朴に奏でる音色を聴けば、しばしの間、暑さを忘れることもできるでしょう。

確かに、科学や技術のめざましい進歩は、人の世を、便利で快適なものにしたかもしれません。今や、一家に一台、いや、一室一台、扇風機だとか、エアコンがあることが常識とされ、風鈴を飾る家は、数えるほどしかなくなって、都会になればなるほどに、おそらくそれは顕著でしょう。

もちろん、地球の温暖化などにより、かつてよりも、気温が上昇していることは、紛れもない事実でしょうし、いろんな意味で、この忙《せわ》しなき世情を生きる現代人には、そんな暇《いとま》や、情趣を解する〝心のゆとり〟さえ、ないのが現状なのかもしれません。

でもしかし……。

科学がもたらした恩恵で、涼やかに過ごすだけでなく、時には、こうした古式ゆかしい趣で、いつもとは違う夏の日を、味わってみるのはいかがでしょうか。

懐かしき、思い出ひとつ見つけたり

苔むす山郷《さと》の峡谷《きょうこく》で
たぎり落ちたる白織《しらお》りが
　泡と砕ける滝つぼに
　　翔びこみ、はしゃぐ子供たち
邪気なく飛沫《しぶ》く波の華
　遠き思い出　微笑《えみ》こぼれでる

＊＊

友達に誘われて、地元では〃五龍の滝〃として親しまれている、山口県の寂地峡《じゃくちきょう》を訪れました。そこで自分が観たものは、横幅がせまく、ほぼ垂直に切り立っている、急峻《きゅうしゅん》な斜面の峡谷に、その源泉から、こんこんと涌《わ》きだしつづける清流が、長きに渡る時を経て、岩根をうがち、岩肌をなめらかなものへと貌《か》えていき、ついには、天然のすべり台のようにへこませて、右へ左へくねくねと、荒《あら》らかに石走《いわばし》ってる瀑川《ばくせん》や、一般的な滝のイメージそのままに、白き垂水《たるみ》となって流れ落ち、小さな滝つぼを造っているものなど、それぞれに趣の異なった、五つの滝でした。

緑ゆたかに苔むして、木の根さえもが張りだした、山肌に沿って設《しつら》えられた階段を、それぞれの滝を観望しつつ、ゆっくりペースで昇っていくと、夏の陽射しが煌《きら》めき落ちる滝つぼに、次から次へと跳びこんでいく子供たちの姿が、ふと目に入り込んできたのです。烈《はげ》しい水音《みずね》を立てながら、垂水を見せる清流は、白絃で編んだ布のようにも見えました。また、子供たちが跳びこんでできる飛沫《しぶき》の泡だちは、滝のそれと、ちっとも変わらぬ〝波の華〟を咲かせていました。時に、敵対しあうこともある、自然と人とが、電力などを使わずに、同じものを造りだす。そこに感銘を受けたのです。

そしてまた、自分たち大人の世界にはびこっている、思惑だとか、計算だとかのカケラもなく、ただ純粋に、跳びこみはしゃぐ子供たちの背中には、〝翼〟が生えているようにも映《み》えました。

自身は、滝つぼに跳びこんだ経験はありませんが、彼らと同じくらいの幼少時代、漁師をしていた亡き伯母の、船の上から、従兄弟たちと競うようにジャンプして、海へと跳びこんだことを、今でも鮮明に覚えています。それだけで、自分たちも、それを船から観ている大人たちも、愉快に笑い合っていたものです。それは微笑ましくも、今は懐かしき、遠い思い出。あの頃の、自分たちの背中にも、〝翼〟が生えていたのでしょうか……?

ふとした拍子に、忘却という眠りの扉が開いた時、より良き眠りについていた、彼方の記憶は、まろやかなものに熟成されて、ふたたび、心のうちに〝思い出〟として呼び覚まされるのではないでしょうか。だからこそ、そこには深い感慨や、懐かしみというものを、感じさせると思うのです。

罪深き人

波止《はと》へとつづく夜道を散歩の道すがら　路に子猫が捨てられていました
飼えなくなったから〝棄《す》てて〟しまう
人間とは　なんて身勝手な生き物なのかと思いました
子猫は私を見つけると　哀しげな声で鳴きました
救いを求め　訴えるように　もう一度だけ鳴きました
ためらいましたが近づいて　身をかがめて手を伸ばしました
子猫は逃げようとはしませんでした
うちで飼えないことは解っていました
私には　どうしようもないということを　頭では　きちんと理解してたのです……

だとしても　撫でてやらずにはいられませんでした
喉の下をさすってやると　気持ちよさげに目を閉じました
言葉が通じないと知りつつも

「ゴメンよ　うちでは飼ってやれないんだ」
そう言うと　子猫は私の足元に　小さなその身をすり寄せてきました
ハッとして　あわててその身から　逃れるように離れました
そして　子猫を置きざりに　うちのほうへと向かいました
子猫がふたたび　哀しげな声で鳴きました
情が移ってしまったか　愚かにも振り向いてしまいました
子猫はその場にすわり込んだまま　追いかけては来ませんでした
ただ哀しげに　私を見つめ　ちょっと恨みがましく鳴きつづけました
その切ないまでの鳴き声に　胸がギュッとしめつけられて
耳をふさいでしまいたい……
そんな想いに駆られました
でも　さすがに今度は　振り返ったりはしませんでした
心の芯が　ずきりと疼《うず》くのを感じました
少しずつ　歩みを速めていきました
遠ざかってゆく鳴き声に　ようやく私は悟ったのです
思慮にかけた　やさしさだとか憐れみは　身勝手な非情さよりも残酷なのだと……

捨てられたとき　子猫は〝運命《さだめ》〟と　あきらめていたかもしれません
なのに私は　解っていながら〝希望〟を与え
そのくせ　なんにもしてやらなかったのです

確かに私の振る舞いは　子猫にとっては　罪深いものであったでしょう
それでも　私の心は　言い訳がましく問うのです
私の〝罪〟は本当に　棄てた人より重いものかと……

＊＊

翌日、父の知り合いが、子猫を町中に移してやったそうです。無論、飼ってやるためではなく、町中のほうが、エサにありつきやすく、生き残れる可能性が高いという、実に単純な理由からです。その話を聞いた時、どうして、そういうことを思いつかなかったのだろうと、自身の愚かさを責めるとともに、もし、思いついていたとして、それを誰かに見られていたら、自分が〝棄てた〟ように思われたかも……。そうも考えた自分は、さらに落ち込んでしまいました。人の本性は、思わぬところで現れるもの。つくづく思い知らされた出来事でした。

そんな矢先、ふたたび人間性を問うような、新たな事件が起きたのです。いえ、事の始まりは、すでに起きていたのです……。


その時、自分は〝対人恐怖〟に近い状態に陥って、ずっと自室に引きこもっていたのです。だから、自分がそれを知ったのは、かなり日にちが経ってのことでした。いったいどうやって上ったのか、白猫が、隣のアパートの屋根から、下りられなくなっていたのです。

何日か前から、時おり聞こえてくる、その鳴き声には気づいていました。しかし、それが隣の屋根からとは、まったくもって知らなかったのです。いっこうに鳴きやまず、日増しに、あの時の子猫のような鳴き声になってきたので、どこから聞こえるのかを母に尋ね、ようやく自分は知ったのです。窓から顔を出して見てみると、白猫は屋根をうろつき、端《はじ》で鳴き、その後は日陰にすわり込み、をくり返していました。そして、その身はげっそりと、すでに痩せこけていたのです。

助けなければ……。そう思うと同時に、「試されている」とも感じました。

アパートは、その三方を路に面して、はしごが届かず、うちの屋根だけが、助けだせる唯一の場所でした。しかしその時、父は旅行に出かけてうちにはおらず、母は骨折した足が、まだ治りきってはいませんでした。保健所に電話をしましたが、「犬は取り扱っているが、猫は対象ではない」と、無下に断られてしまいました。そう、助けるとしたら、自分以外にはいなかったのです。

ベランダから屋根に出て、はしごを渡して助けに行くか、あるいは、はしごを渡してそのまま下りてくるのを待つか、方法は、二つに一つしかありませんでした。ただ、屋根に出れば、自身を人目にさらす。それ自体が、耐えがたい恐怖だったのです。保健所に電話することでさえ、かなりの勇気と安定剤を要したのです。

母はパニックに陥っている自分を見て、「放っておきなさい」と言いました。でも、知ってしまったからには、それは赦《ゆる》されないことでした。ただでさえ、子猫のことがあったばかりです。あの罪を消せないからこそなおさらに、〝新たな罪〟を作ることはイヤだったのです。なによりも、あの鳴き声がつづく限り、心の乱れは治まらないと、はっきり解っていたからです。いえ、鳴き声がやんでしまうということは、もっと怖ろしい事態を指ししめすことでした。

母は「黄砂で、瓦が滑って危ないから」と止めました。でも、子猫の時とは状況が異なります。それを〝運命《さだめ》〟と割り切ることは、どうしても自分にはできませんでした。にもかかわらず、うろうろと、迷いの森を彷徨《さまよ》いました。そんな自分を見て、とうとう母は泣きだしてしまいました。

およそ一時間が経過して、薬の効果もあったでしょう。ついに覚悟を決めました。そもそも、自身を人目にさらす恐怖より、命の重みのほうが大切なことは、天秤にかけるまでもない歴然とした事実でした。ただ、それを受け留めて、行動へと移すのに、その時の自分は、時間を必要としたのです。

肚《はら》をくってからの、動きは速いものでした。裏庭から、はしごをうちに持ち込んで、泣きやまぬ母を尻目に、階段をしゃきしゃきと上がっていって、はしごに毛布を縛りつけ、間隔をあけて煮干しをまいて、うちの屋根から、隣のアパートの屋根へとかけました。ただ、驚いた白猫は、反対側へと逃げて行き、見えなくなってしまいました。自分は助けたい一心でしたが、皮肉なことに、その必死さが、「襲ってくる」と、誤解されたようでもありました。とにかく、仕かけは終了です。部屋に戻って、静かに白猫が下りてくるのを、窓から眺めて待ちました。小一時間は経ったでしょうか。白猫が、ようやく姿を見せました。警戒しているように辺りをうかがい、でも、はしごには気づいたようでした。息を殺して見守りました。やがて、白猫がはしごに足をかけ、煮干しの匂いをくんくん嗅いで、そろりそろりと下りてきました。結局、煮干しは食べませんでしたが、それはどうでもいいことです。白猫が、これからも生き抜いてゆく〝安全圏〟に、下りてきたことこそ、より大切なことでしたから……。

後日、その白猫を庭で見かけました。自分を見ると、逃げて行ってしまいましたが、それでも自分は、「良かった」と安堵の溜め息をついたのです。白猫はもう、痩せこけた姿ではなかったからです。

嗚呼《ああ》、母なる海よ

果てしなく　拡がる蒼のキャンバスに
瞬間きざみで紡がれる　寄せては返す波模様
キラキラと　踊り輝く陽光を　綾《あや》なし魅せて心をとらう
たおやかに　風が吐息を吹きかけて
母なる海が　我が身をやさしくつつみ込み
世俗の心垢《しんく》をはぎ落とし　涅槃《ねはん》の境地に導きたまう

＊＊

蒼茫《そうぼう》とした大海に、ちっとも代わり映えのしない……でも、どんなに似てても、決して同じを描きださない光景が、瞬間きざみで絶えることなく紡がれてゆく。さざ波の奏でる素朴な水音《みずね》に聴き沁《し》みながら、波上《はじょう》を煌《きら》めき舞い踊る、光華《こうか》の粒たちを見ていると、考え事をする時は、土佐の白浜にのぞみ立ち、じっと海を見つめつづけていた。そんな逸話を残す、坂本竜馬の気持ちが、なんとなく解るような気がします。

「海を見ていると、それだけで穏やかな気持ちになれる」とよく言いますが、確かに海には、説明しがたい不可思議な、霊力《ちから》があるように思われます。一見、代わり映えのしない風景なのに、いつしか心は惹きつけられて、やがては、世知がらいこの人の世で、生き抜くために、心にまとった煩悩《ぼんのう》の垢《あか》が、一枚、また一枚とはがれ落ち、ついには、悟りにも似た境地へと導かれてゆく……。そのような感覚に、陥ったりもするからです。

が、もちろんそれは、その間だけの逃避の幻……。

とは言うものの、たとえ、答えそのものは見えずとも、悩みや迷いをひも解く鍵や、糸口といった光明を、見つけたような気がすることも、ままあることではないでしょうか？

保守か、それとも変革か。たとえ、想いや意志は強くとも、個の力というのは、たかがしれています。にもかかわらず、将来の日本の在るべき姿、択《と》るべき進路《みち》を指ししめし、悩み、迷える者たちを導いて、一つに結束させていく。周囲のみんなが、竜馬にそれを期待する。それはたとえ竜馬とて、一個人には、かなりの重圧だったに違いありません。

だからこそ、彼は海をひたすら眺めいり、そこから、進むべきを見つけだし、身裡《みうち》を熱くほとばしる、想いのままに、迷いなくして短い生涯《とき》を駆けたとすれば、実に、ドラマテイックと思います。

あるいは、洋海に面した地に育った彼だからこそ、果てなく遠い、海の向こうのまだ見ぬ世界に憧れて、純粋に「それを見てみたい」。ただ、そんな一心でしかなかったのかも、と思うのも、それはそれで、ロマンティックな気がします。

史実や事実がどうであれ、海は時おり、そんな夢さえ見せてもくれます。

夕暮れどきに風吹いて、金色《こんじき》の輝きみせる波模様から、少し夢見がすぎたでしょうか。

つまるところ、人は大地に、地に足つけて生きながら、確固たる〝存在〟を求めるその一方、時には、海より感じとる、超自然的な〝無我の境地〟に浸ることも、必要なのだと思うのです。

小さな相棒

もう　かれこれ十年以上になるだろか
その間に　財布はいくつも換わったけれど
こいつだけは　新しいのに代えたりせずに
財布の中に　棲《す》まわせつづけた〝無事カエル〟

気がつけば　その身は小銭に削られて
今では　あちこち欠けて傷だらけ
きっと　いろんなところで陰ながら
ボクの身代わりに　なってくれていたんだね……

だから　そんなキミに　心の底から言いたいよ
これまで　ホントに「ありがとう」
そして　これからも「よろしくね」

一センチほどの陶器でできた、緑色した〝無事カエル〟。いったい誰が思いついたものなのか、無事に帰ると蛙《カエル》をかけた、言葉遊びで作りだされた、安全祈願のお守りです。

そう、たとえ最初は、遊び心で生みだされたものだとしても、その愛くるしい姿が、意外に人気なのでしょう。今では、神社やお寺だけでなく、観光地の土産屋《みやげや》さんでも、よく見かけることと思います。

ただし、売られているのは、いわゆる大量生産品。と、言ってしまえば、身も蓋《ふた》もないですが、そういう意味では、お守りだとは言いつつも、〝ご利益《りやく》〟などというものが、本当にあるわけではないでしょう。

でもしかし、そうと解っていながらも、あっちこっちを削られた、その姿を見ていると、本来ならば、大きな災厄《さいやく》だった何かしらの事柄を、自らが、身代わりとなって傷つくことで、それとすら気づかぬほどの、軽いものにしてくれていたのかも……とさえ感じられ、そういう想いで手に取ると、「なーに、オイラにとって、傷は勲章。名誉の負傷という奴さ」と、決して恩着せがましく言うでなく、むしろ、誇らしげにさえ言ってるように、見えてもくるから不思議です。

だからでしょう。長年つれ添ってきた、この〝小さな相棒〟に、「ありがとう」という感謝の念が、自然と心に涌《わ》いてきて、そしてまた、友愛にも似た感情の発露から、「これからも、よろしく頼むな。相棒よ」とも、言いたくなってしまうのです。

我、彼《か》の地に想う

海より風が流るれば
　汐《しお》の薫りに日々を忘れる
天の蒼きを眺むれば
　浮き雲形《くもかた》に偲《しの》ぶ笑顔の懐かしき
地に葉が萌《も》ゆるを観《かん》ずれば
　脈々とつづく〝命のつながり〟

＊＊

「祖母の七回忌のために、なにか書いてもらえないか」と、母から頼まれて書きつづり、自身の処女作となった一編です。

　構成としては、母の生家にあたる、山口県の周防大島に見てとれる、海、空、山という具象的な三つのものに、現在、過去、未来という抽象的な時間をそれぞれ織り込んだ、三位一体の態《てい》をなしています。

最初の二行には、郷里の海より吹いてくる、肌に沁《し》みこむような汐風や、ほんのりと、ただよってくる磯の薫りには、時間や雑事に追われる日常の忙しさであるとか、そこから生じた鬱憤《うっぷん》などを、忘れさせてくれる〝不思議な効力《ちから》〟があるということを。

つづく二行には、郷愁の地に立って、蒼々とした天空《そら》を、ふっと仰ぎ見たならば、やわらかそうな白雲が、在りし日の祖母の笑顔に見えもして、思わず自分の顔までほころぶとともに、自然と〝懐古の情〟が、心に呼び覚まされるということを。

最後の二行には、ゆたかな森に緑なす、樹々と重ねるように見てとれる、人が子供《こ》を産み、やはり、血は絶えることなくつづいていく。命というものの力強さや、尊さに対しての〝畏敬《いけい》の念〟を、それぞれに込めてつづっています。

そして、それらを踏まえての、全体像にて思い描いて欲しいのは、海にしろ空にしろ、そこにただよう空気にしろ、すべてはつながっているもので、四季に彩る樹々でさえ、どこにだってあるものですが、それらを立ち見る場所により、感ずる想いも、それぞれにまた違うもの。現代社会の象徴でもある、携帯電話や自動車などは、互いに離れた距離でさえ、普段はあまり感じさせたりしませんが、一堂そろって会すれば、やっぱり想いひとしお。語る言葉は、いつにも増して多くなるというものです。祖母の天寿があってこそ、そういう機会もあるわけで、〝死〟とは、その存在や魂の、終局を示すものでは決してないということです。

美しい汗

魚が跳《は》ぜる網を上げ　額をぬぐったその刹那
飛び散った汗で　小さな虹ができたのです
七色の〝聖なる光〟につつまれて　にっこり微笑むおばちゃんは
　働く者の鑑《かがみ》のような人でした
今になっても　虹を見るたび思いだす
あのころの倖《しあわ》せに充ちあふれてた日々　瞬間
煌《きら》めき映える汗を忘れず　明日という日を歩いてゆこう

＊＊

伯母の十三回忌にも、「書いて欲しい」と頼まれました。記憶の杜《もり》へと入り込み、伯母との思い出を考えた時、最初に思い浮かんだのは、まだ、従兄弟たちや、自分が子供の頃の夏休み、恒例となっていたことでした。

夫婦で漁師をしていた伯母が、伯父の船に、自分たちを乗せて沖に出る。それは、市街に暮らす自分たちにとっては、まさに、冒険とも言える貴重な体験だったのです。

ただ……。

真っ先に船に乗り込んで、船長を気どり、舳先《へさき》に陣取ったのはいいものの、時には、ひどい船酔いで、冒険どころか、船底にひとり横たわり、うなされるだけに終わった時もありました。しかし、伯母のうちに帰りつき、ようやく酔いも治まって、さあ食事という時に、自分のために取っておいたという、海の幸が盛られた皿が、すっと自分の前に差しだされたのです。そのあったかい思いやりが、子供ながらに自分の心をつきました。ちょっぴりだけど、伯母の汗のスパイスが、効いてるようにも感じたことを、ふっと思い出したのです。

確かに〝汗〟という一言《いちごん》だけを取りあげれば、不潔や不快なイメージを持つ人が、圧倒的に多いでしょう。しかしながら、働く者たちがかいた汗。夢に向かって走りつづける者の汗。誰かのために流す汗。そういう風に形容すれば、その印象は、まったく違ったものに感じたりはしませんか？

これをテーマにしようと決めました。そうすると、次に脳裏に浮かんできたのが虹でした。一般的に、虹といえば雨上がりですが、一生懸命、働いて……、高校球児が、必死にボールを追いかけて……、愛する伴侶《はんりょ》や子供のために、食材を買いに出かけたり、料理を作って、汗をかいたならばこそ、本来、虹ができる条件などを超越した〝聖なる虹〟ができるんだ。うん、これなら夢があっていいじゃないかと思いました。そして、でき上がったのが、この一編です。

でも、忘れてはいけません。ただ働いた、やるべきことをやりました、というだけではダメなんです。自分の仕事や、為すべきことに誇りを持って、なおかつ、誰かのために、もしくは自身のために、懸命にしてこそ感じることのできる充実感。その点こそが肝心かなめ。それを得てこそ、聖なる虹はできるものだし、見ることさえもできるのです。ただ与えられた役割をこなすことだけに満足し、より大切なことを忘れてる人が多いと感じるこの昨今。本物の倖せを味わうために、なにが必要なのかということを、思い出させてくれた伯母に感謝し、つつしんで哀悼の意を捧げたいと思います。

風と焔《ほのお》に、想い感じて

亡き母が　永遠《とわ》の眠りについたその地へと
赴くたびに　いろんな想いを感じることができるんだ

ゆたかな杜《もり》にはさまれた　曲がりくねった坂道を
えっちらおっちら　父と二人で登ってゆけば
訪れるたび　サマになってく　ウグイスたちのさえずりが
想いを込めてしゃかりきに　哭《な》きやむことなき蝉のしぐれが
あちらこちらで　さざれ奏でる虫たちの　幽玄《ゆうげん》に充ちた旋律が
母が愛しつづけた〝歌の世界〟を　思い慕《しの》ばす

だんだんと　近づくにつれ　烈《はげ》しい風がざわざわと
木立ちを駆けぬけ　樹々の枝を打ち鳴らし
「遅かったじゃない」とのお出迎え

いや　違う……
耳をすましてよく聴けば
そのざわめきは「また来てくれたのね」という歓迎　喝采《かっさい》

柄杓《ひしゃく》で水をかけてやり　墓石の汚れをごしごしと
でも　慈しむようにぬぐい落とせば
「ああ　気持ちいい」との至福の声が……
しおれた花を　水々しいのに生けかえやれば
「まあ　うれしいわ」との悦《よろこ》びの声が聞こえてくる

ロウソクに焔《ほのお》をともせば　火先がすーっと　絃《いと》ひきのぼり
ゆらゆら揺れて〝魂〟が　ひととき甦《よみがえ》ったような気さえする
線香から　くゆり立ち舞う　煙もしかり

手向《たむ》け水を入れかえて　好物だった供え物をおいたなら
急に焔が　右に左に烈しく揺れて

時には風が疾《はし》りぬけ　焔《ほのお》をふっと吹き消して
「待ってました」と言わんばかりだ

「まあ　落ち着いて食えよ」
そんな呟きだって洩《も》れでるさ

来しなに拾った　松ぼっくりや樫《かし》の実を
紅々と　色づき落ちた　黄櫨《はぜ》の葉っぱとともに　飾りつければ
「素敵に飾りつけたわね」と褒めてもくれる

ひざまずき　頭《こうべ》を深く垂れさげて　冥福の祈りを捧げると
わずかばかりに焔を揺らし　なにか言いたげな〝仕草〟で応える……

ああ　そうか
母は「もっと話がしたい　聴きたい」と
言っているに違いない

だから……

すべてが終わった後のしばらくは
　時空を超えて　今でも母と語りあう
　　こんなことがあったよと　こんなことを感じたと
心のうちで無言に語り　時には相談だってする
ロウソクの焔《ひ》の揺らめきは　いつもそれに応えてくれる
ゆらゆらと「こうしたらどう?」って諭《さと》し　囁き説くように……

逆に　メラメラ燃えさかり
　ごおーっと音を　鳴らし響かすこともある
　　そんなときは　叱咤《しった》か激励
　　　「踏ん張りなさい」とでも言いたいんだろう

　　　　やがて……

線香は　とっくに燃えつき落ちて　灰と化してしまってる
どうやら〝刻《とき》〟がきたようだ

遠くに見える　海の光のひと粒ほどに小さくなった
ロウソクの焔《ほのお》が名残り惜しげに消えさって
ひとすじの煙となって　虚空《こくう》と混じり融《と》けたとき
それは「そろそろ帰りなさい」との無言の伝心　親心

「また来るからね」
陽射しを浴びた　母はにっこり
微笑むように煌《きら》めいて　父と僕とを送りだす

帰りしな　雲ひとつなく清みわたる
天空《そら》をなにげに見上げたら
蒼々とした西風《せいふう》が　吐息のように息吹いて

やわらかく　そして　あったかな
　ふくよかな風が　僕の頬《ほほ》をやさしくなでた

＊＊

母が胃がんで逝ってしまいました。それと判ってから、わずか五ヶ月あまりのことでした。人間の命が燃え尽きるという瞬間を、初めて自分は、生《なま》でこの目にしたのです……。

生前の母を、きわめて端的に語り表すとするならば、芸術《アート》の世界をこよなく愛し、生きた人、と言えるでしょう。詩中にも織り込んだ、歌うことはもちろんですが、花木をめでて、それを絵として描いたり、短歌を詠《えい》じ、琴をひき、人形なども作ったり……。自身で行うだけでなく、人のを観たり聴いたりし、愉しむことも好きな人でした。中には、趣味の域を超え、賞をもらったものさえありました。

でも、自分がもっともすごいと思っていたのは、飾りつけです。たとえば、玄関の下駄箱の上のスペースが、母の手にかかれば、そこには〝世界〟としか言いようのないものが、創造されていたのです……。

よく「この作品には、まるで作者の〝魂〟がこもっているようだ」といった言葉を耳にするかと思いますが、母の飾りつけがまさにそれです。手先が器用で、創造的なセンスにすぐれていた、母の魔法の手にかかれば、一見、ミスマッチにも思えるものたちが、見事なまでに融合し、味わい深く情趣に充ちた、独自の世界に貌《か》わるのです。そこには季節感や詩情がただよい、時には、ファンタジックに、時には、乙女チックなロマンチシズムに彩られた、感心というよりも感銘を覚えさす、芸術的な世界が創りだされていたのです。だからこそ、自分も毎回、墓前に飾りつけをするのです。

母はまた、ピエロが大好きな人でした。集めた小物や置き物は、百点を軽く超え、もちろん自身で人形も、何十点と作っていました。ただ、笑顔ふりまくピエロより、哀愁ただようピエロのほうを好んでいました。よく笑う、社交的な性格でしたが、どこか、淋しがり屋な一面も、持ちあわせていたのです……。

残された者たちにとっては、心の整理という意味で、いずれその死を、吹っきることは必要でしょう。それ故に、お墓を訪れる間隔が、次第に長くなっていくことも、かくあるべきだろうと考えます。しかし、現実を受け容れるということと、さもその者の〝存在〟が、なかったかのように忘れ去ってしまうこととは、まったくもって別物です。仏壇の位《い》牌《はい》に手を合わせ、遺影に語るも良いですが、やはり、母の〝仏〟はお墓にいます。だから、わざわざ足を運んで、お墓参りに行くのです。

お墓の前に立った時、心を無にしてみてください。頭で理解しようとせずに、心で感じて欲しいのです。そうすれば、たとえ、そこに現実的な言葉はなくとも、亡き人の、歓びの声が聞こえてくるでしょう。そして、それぞれの心のうちに遺してくれた、忘れがたき思い出などを、甦らせてもくれるでしょう。

自分が今でも母と、時空を超えて語り合う〝秘《ひそ》やかな儀式〟は、そういう理由があってのことからです。父がどこに行くにも、母の写真を持っていってくれるので、新たな思い出を、作り語らうことさえできるとも、思い信じる故にです。

ひとときながら、家族団らんを過ごした〝魂〟は、またの機会を夢見つつ、やさしく生者を、現実にへと送り返してくれるのです……。

心にまばゆき光あれ

黎明《れいめい》を　紅い朝陽《ちょうよう》ゆるやかに　天空《てん》に向かいて昇りゆく
川面《かわも》に明光つたい伸び　ひとすじの道を射しめす

我をつつみし陽衣《ひごろも》は　無我にひたすら訴える
迷わず夢境をつき進め
焔《ほのお》の如くに心を燃やせ
未来を照らす光明は　つねに己《おの》がうちにある

時として　昏《くら》きにとらわれ惑《まど》えども
心にまばゆき光あれ ――

＊＊

何年ぶりのことでしょう。初日の出を拝観に行きました。今年最初の朝陽は、沈みゆくオレンジ色の夕陽とは対照的に、やけに紅々としているように見えました。その顔をのぞかせて、水平線にただよう雲を抜けていき、雲間にまるで、笑ってでもいるかのような、紅い口を見せながら、天に向かって昇りはじめたものの、少しぼやっとした輪郭が、まだ眠たげでもあり、思わず笑みさえ零《こぼ》れでました。

初めのうちは、その微笑ましくも美しき様を、ただ無心のままに魅《み》とれていただけなのです。しかし、ひとすじの明光が、川面をつたうように伸びてきて、仄《ほの》かな暖かみある陽光に、つつみ込まれたその瞬間、心のうちに、じわっと訴えひびいてくるものを、強く感じとったのです。それはあたかも、水琴窟《すいきんくつ》に一滴の雫《しずく》がしたたって、音色の波紋が拡がっていくようでもありました。

陽は昇る。けれど、いずれは沈みゆく。言い換えるなら、自然界には〝光〟と〝闇〟と二つの世界があるのです。そして、周知のとおり、人の心もまた同じ……。

愛する者たちを護りぬき、ともに過ごして笑い合い、善を行い、時には、夢叶えんと汗をかく……。それらは、心を照らし、輝く光。

一方で、欲をかき、不遜《ふそん》に高じ、怠惰に溺《おぼ》れ、果てには、我《が》を見失って傷つける……。

それらは、心を惑わす昏き闇。

心の中の光と闇とは、さまざまな時、状況でせめぎ合い、ちっぽけなまばゆきが、瞬時に心を、光に充ちあふれさすことあれば、一点の曇りが一瞬にして、心を闇の深きへと、落としてしまうこともあるでしょう。

しかしながら、たとえ太陽が沈んでも、そしてまた、カーテンを閉めきって、すべての灯りを消し去って、闇にとらわれたように見えたとしても、心のうちにある、光までもが奪われてしまうわけではありません。心は決して闇だけに、支配されることなどないのです。

〝夢〟を見つけながらも、歩みためらう者たちよ。無理だと決めつけるのも、あきらめてしまうのも、たやすいことです。でも、どうせだったら、少しあがいてみませんか？

本気でそれを、求め希《のぞ》んでいるのなら、自身が信じ選んだその道へ、足を踏みだせば良いのです。迷ったり、壁にぶち当たったりしたならば、光で進むべき道を、また探しだせば良いのです。疲れたのなら、安息をとり、心に光を充電すれば良いのです。揺るぎない己の信念をつらぬき徹し、でも、自分のペースで進んでいけば良いのです。きっとそうなる、そうしてみせると、あきらめることなく進んでいけば、その一歩一歩は、自信という糧となり、光はやがて、熱く燃えたぎる情熱という焔となって、さらに前進するための、活力を与えてくれることでしょう。

ただし、夢が本当に叶うかは……いつ、それが叶うかは、あくまでもあなた次第です。だとしても、踏みだすことができたなら、その可能性は、大きく拡がることでしょう。踏みだした、その勇気もまた、心を照らし輝かす、光の一つなのですから……。

でもしかし……。

そこまで解っていながらも、踏みだす勇気が持てない人もいるでしょう。だからこそ、自分自身に、そして、すべての人にこう言いたい。

「心にまばゆき光あれ――」

〝夢〟は、あなたが歩みだすことを、信じて待っているのです。

著者プロフィール

亜久人（あくと）

1969年4月、山口県生まれ。
広島県在住。

心にまばゆき光あれ

2008年11月15日　初版第1刷発行

著　者　亜久人
発行者　瓜谷 綱延
発行所　株式会社文芸社
〒160-0022　東京都新宿区新宿1－10－1
電話　03-5369-3060（編集）
03-5369-2299（販売）

印刷所　株式会社フクイン

ISBN978-4-286-05174-1